IB ⁴⁵/₄₈₂

LE
DIABLE PROPHÈTE,

DIALOGUE.

LE DIABLE PROPHÈTE,

OU

PETIT ENTRETIEN AMICAL,

ENTRE

ASTAROT ET NAPOLÉON,

DANS LEQUEL

PLUSIEURS AUTRES PARLENT.

La Scène est près de Leipsick.

A PARIS,

Chez { LE NORMANT, Imprim.-Libr., rue de Seine ;
Pierre BLANCHARD, Libraire, Palais Royal ;

ET CHEZ LES MARCHANDS DE NOUVEAUTÉS.

1814.

AVANT-PROPOS.

On sentira facilement les raisons qui ont empêché que ce petit ouvrage parût à l'époque où il a été fait. Quelques personnes pourront dire que, quand il n'aurait pas paru du tout, il n'y aurait pas eu à cela un grand malheur pour le public. Mais on leur répondra que cette réflexion pouvant s'appliquer à la très-majeure partie des ouvrages de ce genre, celui-ci passera dans la foule; l'auteur n'ayant pas d'autres prétentions que de joindre sa faible voix aux acclamations d'un peuple enchanté du retour de son légitime Souverain.

Il pourra paraître singulier, peut-être même étrange, que le Diable s'exprime dans le sens où on le fait parler : mais, (comme il en convient lui-même) la vérité trouve des partisans partout, et force, quand elle le veut, toutes les bouches à lui rendre hommage. D'ailleurs quel autre que le Diable eût alors osé parler sur ce ton à Napoléon ?

LE DIABLE PROPHÈTE,

DIALOGUE.

ASTAROT, NAPOLÉON,

PLUSIEURS GÉNÉRAUX FRANÇAIS.

ASTAROT *parlant très-haut, derrière la troupe qui environne l'Empereur.*

LE grand Napoléon veut-il bien agréer l'hommage de son très-humble et très-obéissant serviteur ?

NAPOLÉON *à ses Généraux, sans voir Astarot.*

Vous occuperez ce terrain-ci ; vous, ce côté-là ; vous, le centre ; vous, vous resterez en cet endroit.

ASTAROT *parlant encore plus haut.*

Daignez, sire, jeter un regard sur l'envoyé d'un monarque qui a fait depuis long-temps alliance avec votre majesté.

3

NAPOLÉON *à ses Généraux, toujours sans voir Astarot.*

Demain sera un jour décisif, un grand jour ! Supposons qu'il en coûte cent vingt ou cent trente mille hommes ; c'est du plus au moins, bagatelle, le succès n'est pas douteux.

ASTAROT *à part.*

Pour moi, je n'en doute pas ; mais tu y seras bien trompé ! (*Aux Généraux.*) Messeigneurs, vos excellences veulent-elles bien me faire la grâce de m'obtenir un moment d'audience de votre illustre maître ? Une affaire importante m'amène vers lui ; je suis ambassadeur d'un souverain qui est son intime ami.

UN GÉNÉRAL *en souriant.*

Un souverain ! son ami ! Monsieur l'ambassadeur, vous vous trompez..... Mais, je ne vois rien en vous qui annonce le grand caractère dont vous vous parez : d'où venez-vous ? où est votre suite ? que ne vous faisiez-vous présenter dans les formes, aux Tuileries, ou à Saint-Cloud ? Nous sommes en affaires, on vous écoutera une autre fois :

c'est demain jour de bataille, par conséquent jour de triomphe ; on pourra vous recevoir ensuite, si l'empereur y consent.

ASTAROT.

Je viens d'un pays extrêmement connu, que plusieurs d'entre vous, accompagnés d'une multitude de français, verrez demain ; ce qui nous fera grand plaisir. Vous avez été en Russie ? Vous trouverez chez nous un assez bon nombre de vos compatriotes : ils sont passés de ces contrées-là dans les nôtres qui sont très-chaudes, cependant ils ne sont pas encore dégelés ; mais votre présence les ranimera, et nous pourrons causer tous ensemble.

UN AUTRE GÉNÉRAL.

Monsieur l'ambassadeur, vous ne répondez pas à ce qu'on vous demande.

ASTAROT.

Mille pardons, mon général : mais, à mon tour, je ne vous connais pas, et j'ignore de quel droit vous m'interrogez ; cependant, je veux bien vous dire que j'arrive d'un pays où l'entourage, la suite nombreuse et les formalités d'étiquette n'ajoutent rien au mérite

4

d'un individu ; et ne lui obtiennent les égards de personne.

NAPOLÉON *à ses Généraux.*

Qu'y a-t-il donc, messieurs ? Qui détourne votre attention au point que vous ne m'écoutiez pas ?

UN GÉNÉRAL.

Sire, c'est qu'il arrive un personnage qui se dit ambassadeur d'un de vos amis, et qui demande à vous parler.

NAPOLÉON.

Je n'ai point d'amis, et je n'en veux pas avoir. Qu'on se saisisse de cet homme, et qu'on le garde à vue : vous m'en répondrez. (*A part.*) Il y a quelque chose de caché, peut-être de dangereux dans cette visite d'un inconnu, à pareil jour ! et sous ce prétexte !

UN AUTRE GÉNÉRAL.

Sire, j'ai commandé suivant votre ordre d'arrêter l'étranger ; mais on ne peut pas mettre la main sur lui, il se dérobe à la vue, il se soustrait au toucher ; il est sûrement sorcier.

NAPOLÉON.

Sorcier ! Faites-le fusiller.

Un autre Général.

Il est invulnérable. J'avais prévu l'ordre de votre majesté ; et, bien sûr de faire une chose qui lui serait infiniment agréable, j'ai voulu qu'on tirât sur cet étranger, mais aucune balle n'a pu le toucher ; on croirait que c'est le diable.

ASTAROT *passe à travers la garde et joint l'Empereur.*

C'est lui-même en personne, et bien satisfait, mon cher Napoléon, de l'accueil que tu fais à tes anciennes connaissances : ta *grande âme* ne dégénère pas.

NAPOLÉON.

Ah ! c'est toi, mon aimable ami ! pardon, je ne pouvais pas prévoir ta visite ; mais sois le bien venu, approche, embrassons-nous.

ASTAROT.

Pas encore, cela arrivera dans peu, quand tu n'auras rien de mieux à faire que de te donner définitivement à moi ; mais aujourd'hui, où, pour renouveler connaissance, tu viens de vouloir me faire tuer, crois-tu qu'il soit dans mon caractère de pardonner ?

5

Sonde ton propre cœur, l'ami ; serait-il capable d'une pareille lâcheté ?

NAPOLÉON.

La clémence est la vertu des belles âmes.

ASTAROT *en riant.*

O très-clément monarque ! n'affiche pas avec moi les grands sentimens ! Je vous connais beau masque.

NAPOLÉON.

Crois-tu donc que je n'aie jamais pardonné?

ASTAROT.

Oh ! je sais que tu l'as pu toutes les fois que ton intérêt ou ton ambition y ont trouvé leur compte : il fallait bien faire le grand homme de toutes les manières. Bientôt on verra en France des pardons plus sincères, et beaucoup plus généreux que les tiens.

NAPOLÉON.

Camarade, ta visite me flatte extrêmement ; mais si tu n'as pas d'autre dessein que de faire la belle conversation, je te prierai de la remettre à un moment plus libre : j'ai aujourd'hui beaucoup d'affaires, et je.....

ASTAROT.

Oui, oui, je le sais, tu prépares pour demain une grande partie de plaisir, et, quel qu'en soit le succès, tu as déjà écrit à tes évêques de faire chanter un *Te Deum* dans huit jours; tu as écrit à tes préfets pour faire tirer une conscription dans trois semaines ; tes lettres sont faites d'avance, on sait tout cela par cœur : une bataille, un *Te Deum*, et une conscription, cela ne manque jamais. Mais, foi d'honnête diable, je ne comprends point que tu ne varies pas davantage tes amusemens : n'y a-t-il donc pas d'autres moyens de te divertir ? A la fin cela devient fastidieux à force d'être répété ; toujours du sang, des cris, des larmes, des morts et des blessés ; d'honneur le plus féroce des esprits infernaux se lasserait de tout cela à la longue : c'est ce qu'on disait encore hier au conseil général de l'enfer, quand on décida de m'envoyer vers toi.

NAPOLÉON.

Tu viens en députation ! cela m'oblige et me flatte ; je t'en sais bon gré, mais je ne puis te donner audience aujourd'hui, je suis trop occupé ; demain après la victoire nous causerons aussi long-temps qu'il te plaira.

ASTAROT.

Demain il sera trop tard, et je n'aurai rien à te dire ; c'est précisément aujourd'hui qu'il faut que je te parle. Cette bataille que tu vas donner.....

NAPOLÉON.

Pardon si j'interromps. (*Aux Généraux.*) Messieurs, faites-moi le plaisir de vous éloigner un peu pour le moment. (*Les Généraux se retirent.*) Eh ! bien, Astarot, continue ; cette bataille que je vais donner.....

ASTAROT.

Et perdre, sera un coup décisif, un grand pas vers ta ruine ; une fois ce pas fait, tu ne t'en tireras plus : crois-moi, demande plutôt la paix, quand ce ne serait que pour voir un peu ce que c'est.

NAPOLÉON.

La paix ! si tu n'as que cela à me dire, il serait temps encore aussi bien demain qu'aujourd'hui : je veux donner à l'Europe la paix, et la loi ; ce n'est qu'en vainqueur que je le peux, et tu sais qu'en Russie je n'ai pas.....

ASTAROT.

Par politesse je ne t'en parlais pas, car ton expédition de Russie n'est pas une époque qu'il faille rappeler pour ta gloire ; mais *que diable allais-tu faire dans cette galère !*

NAPOLÉON.

-Mon intention ne t'est pas inconnue ; elle était *sage*, *grandement politique*, et *fortement pensée.* Ce n'est pas le moment d'une explication plus détaillée ; je me suis trompé dans mes moyens, mais ce tort n'est pas irréparable, et l'année prochaine, au printemps, j'irai.....

ASTAROT.

L'année prochaine, au printemps, tu n'iras pas en Russie, c'est moi qui t'en réponds.

NAPOLÉON.

J'irai très-certainement, et rien ne m'en empêchera ; dès que j'aurai gagné la bataille de demain, les choses vont bien changer de face.

ASTAROT.

Il est vrai, les choses en effet vont bien changer de face, mais ce changement ne te sera pas avantageux, prends-y garde ; écoute une fois un ami qui t'avertit, reçois un conseil utile, cède à la nécessité, ne te bats plus, fais la paix; crois-moi, Napoléon, il est temps, le bonheur s'use, la prospérité prend fin; tu es bien près du bout du fossé, et tu sais le proverbe trivial, mais juste.

NAPOLÉON.

Prophète de malheur! je ne t'écouterai pas plus que je n'ai cru ceux qui m'ont parlé dans le même sens, j'irai mon train, et on verra: d'ailleurs, qu'est-ce que cela te fait?

ASTAROT.

Ah! qu'on a bien raison de dire: Quand le diable y serait, il faut qu'il se batte, c'est sa vie. Pauvre France! l'enfer lui-même s'attendrirait sur tes malheurs, s'il n'avait pas connaissance de l'heureux avenir qui va les réparer: cependant, hélas! je vois cet avenir bien affligeant pour Satan! son règne va finir sur cette belle contrée! son règne, que celui de Napoléon soutenait si bien! que les philosophes avaient préparé avec tant de soins! que leurs écrits avaient maintenu si long-temps! son règne, que toutes les *hautes conceptions* d'une *grande âme* faisaient tant

prospérer ! Et tu me demandes, ami, qu'est-
ce que cela me fait? Je ne mettrai plus le pied
sur ce sol fortuné ; voilà nos correspondances
avec ce beau pays prêtes à se rompre.

NAPOLÉON.

Je crois que tu rêves, et veux à mes yeux
faire passer les illusions d'un songe vaporeux
et mélancolique pour des visions prophéti-
ques : va, va, console-toi, crois-moi, le
règne de Satan est trop bien affermi, son
trône est inébranlable, c'est comme le mien.

ASTAROT.

Oui, comme le tien, avec cette différence
que Satan a régné avant toi ; il régnera peut-
être encore après, mais sourdement, mais
sans éclat : je vois en France un autre souverain, un autre ordre de choses, un retour
vers la vraie morale, des mœurs pures, des
exemples vertueux, la religion chrétienne
rétablie dans toute sa splandeur, toute sa
majesté, toute sa beauté, tout ce qu'elle a
de doux, de consolant, d'aimable : quand
elle sera bien connue, quand elle ne sera
plus défigurée, avilie par les ouvriers des
ténèbres qui avaient tant obstrué l'entende-

ment humain , que restera-t-il à faire au diable, dans un royaume ainsi régénéré ?

NAPOLÉON.

Je ne reviens pas de ma surprise ! le diable apologiste de la religion chrétienne ! encore un peu tu serais dévot. N'as-tu pas quelquefois joué ce rôle ? L'hypocrisie a fait grand tort à cette religion que tu vantes.

ASTAROT.

— L'hypocrisie de religion n'est plus de mode , une autre mille fois plus basse et plus honteuse a pris sa place ; combien de gens affichent une impiété, un libertinage qui n'est pas dans leur cœur ! O vil respect humain ! ô lâcheté ! mais les torts de l'homme n'ont jamais pu nuire à la religion , que dans les esprits bornés ; sache qu'on s'est toujours trompé , bien lourdement trompé , quand on a mis les torts de l'homme sur le compte de la religion , et qu'en cela on a fait preuve d'ignorance crasse , autant que de perversité.

NAPOLÉON.

Tu as apparemment grande peur des exorcismes ? Qui se serait jamais douté qu'Astarot raisonnerait comme un petit saint !

ASTAROT.

Ami, écoute-moi bien, j'étais ange avant que d'être diable, et il est de l'essence de l'ange de rendre hommage à la vérité. Si nous ne connaissions pas l'excellence de la religion chrétienne, nous ne prendrions pas tant de peines pour en obscurcir la lumière, et en détourner le genre humain.

NAPOLÉON.

Ne t'inquiète pas, va, tu ne seras pas exorcisé ce soir, je n'ai pas amené le pape avec moi; j'aurais pourtant été bien aise de voir quelle mine tu aurais faite pendant cet acte religieux.

ASTAROT.

Ne raille pas, ne parle même jamais d'une cérémonie dont tu ne connais ni l'origine, ni l'esprit; laisse commettre cette sottise par les habiles philosophes, c'est à eux qu'il appartient de parler de ce qu'ils ignorent; qu'il te suffise de savoir que, celui qui parle au nom de Dieu, celui qui est l'interprète de la volonté divine, a sur nous une autorité aussi légitime qu'irrésistible.

NAPOLÉON.

A la bonne heure, j'y consens; cela n'empêche pas que cet interprète qui a tant d'autorité ne soit en ma puissance.

ASTAROT.

La providence a ses vues, elle ne laissera pas toujours son serviteur dans l'humiliation. Le Christ lui-même a été opprimé, et bien plus qu'opprimé; son vicaire peut l'être aussi : le monde a besoin de ces grands exemples de résignation et de courage; mais, crois-moi, les extrêmes se touchent, et bientôt tu verras...

NAPOLÉON.

Vas-tu encore m'annoncer quelque disgrâce ?

ASTAROT.

Je suis envoyé pour t'avertir, je remplis ma mission. Tu as toi-même creusé le précipice, t'étonnerais-tu d'y tomber ?

NAPOLÉON.

De quel précipice veux-tu parler ? Parce que j'ai eu un revers en Russie, tu m'en prédis un autre pour demain ! et même en le supposant, pourquoi me conduirait-il dans un abîme ?

ASTAROT.

Parce que tes forces sont anéanties ; plus d'argent en France , plus de troupes , que des conscrits sans expérience , et quelques anciens soldats qui meurent de faim , qui sont excédés de fatigue , qui sont rebutés de la multiplicité des combats , sans jamais de relâche ni de repos. Et ce qui présage ta ruine autant que tout cela , c'est le tort que tu as eu de lasser la fortune , d'épuiser ton bonheur autant que tes ressources , et de mettre jusqu'à l'opinion contre toi ; l'*opinion*, cette *reine du monde*, ô maladroit !

NAPOLÉON.

Comment ! l'univers m'a admiré , l'Europe a tremblé devant moi , la France a béni mon avénement au trône ; tout , tout m'a favorisé , excepté seulement mon fatal voyage en Russie , qui n'est pas un malheur irréparable.

ASTAROT.

Il n'y a rien dont on se lasse plus vite que d'admirer : le conquérant , toujours avide d'envahissemens , toujours affamé de carnage , de meurtres , de massacres , éteint lui-même dans le sang qu'il fait couler , dans les larmes qu'il fait répandre, l'encens dont il s'enivrait. Si l'Europe a tremblé devant toi, elle ne t'a pas aimé, car on n'aime point ce qui fait trembler; et qui n'a personne pour ami, n'est jamais long-temps heureux. C'est une insigne sottise de l'avoir liguée (l'Europe entière) contre toi, par ton ambition effrénée. J'ai vu en société (car je m'y trouve plus souvent qu'on ne le croit), un jeu nommé *la toilette madame : Ote-toi de là*, dit-on, *et donne-moi ta place.* De quel droit Napoléon, empereur par hasard, allait-il jouer à *la toilette madame*, avec les souverains qui daignaient le traiter sur un pied d'égalité? La France, dis-tu, a béni ton avénement; hélas! la malheureuse France n'avait alors plus rien que l'espérance : la révolution a été pour elle la boîte de Pandore. Régie par sept cents volontés, elle était assommée, découragée, abasourdie par un tintamare de décrets, par un charivari de lois, qui faisaient chaque jour désirer un changement de gouvernement; et qui que ce fût, qui eût eu l'heureuse audace de s'emparer de la première place, eût-ce été Satan lui-même, on lui aurait dit : Régnez, citoyen Satan, délivrez-nous des sept cents souveraïns qui extravaguent, et du directoire qui extermine.

NAPOLÉON.

J'ai réparé les maux dont la France gémissait alors.

ASTAROT.

Pas trop ; on était en guerre, elle a toujours durée, et dure encore ; on raisonnait faux, on n'a pas raisonné plus juste ; on n'avait point d'argent, on n'a pas le sou à présent ; joint à cela quelques restes de la révolution, qui dureront plus long-temps qu'elle même, malheureusement pour les mœurs.

NAPOLÉON.

Si j'avais le temps de causer, je réfuterais les discours avec une extrême facilité : il n'y a qu'une cervelle infernale qui puisse nier le bien que j'ai fait à la France, et tous ceux qui l'habitent en conviennent.

ASTAROT.

C'est-à-dire tous ceux qui te doivent leur fortune ; quant à moi, à qui tu n'as pas donné cent mille francs de rente pour acheter mon suffrage, il m'est permis de te dire la vérité.

NAPOLÉON.

Ne comptes-tu pour rien que j'aie pu, malgré la guerre, faire autant de belles et utiles choses dans l'intérieur, faire construire des canaux qui......

ASTAROT.

Oui, car je ne compte pas pour rien les impôts dont tu as foulé tes peuples, pour ces belles et utiles choses.

NAPOLÉON.

Des routes, jusqu'alors impraticables, à présent faciles comme des plaines.

ASTAROT.

En vue de ton intérêt, pour la communication de la France avec l'Italie dont tu t'es fait roi.

NAPOLÉON.

Les embellissemens de Paris, les ponts, les quais, les fontaines, les.....

ASTAROT.

Qu'est-ce que cela fait à la province, qui paie tout cela? Le père de famille qui fournit à ses enfans l'abondant nécessaire plutôt que le brillant superflu, qui n'élève pas l'un d'eux au détriment des autres , mérite leur reconnaissance : mais ce sont des idées qui n'entrent pas dans ta tête. Il fallait occuper le peuple parisien pour détourner son attention de tes opérations militaires, et, en lui arrachant jusqu'au dernier de ses fils, lui présenter des pierres à amonceler les unes sur les autres , en lui faisant accroire qu'il gagnait au change.

NAPOLÉON.

Les manufactures qui vont mettre les français en état de se passer de l'étranger.

ASTAROT.

L'étranger se passera aussi des français ; alors plus de commerce extérieur, plus de relations entre les nations voisines , plus d'émulation entre les peuples pour la perfection des arts : les manufactures tomberont faute de moyens d'exporter le produit excédant le besoin , puisque tu es en guerre avec toute l'Europe, et faute de bras pour travailler les matières.

NAPOLÉON.

Si elles manquaient de bras, on y suppléerait par des machines.

ASTAROT.

Encore faudrait-il des ouvriers , et bientôt on n'en aura pas du tout. C'est un beau système de faire de chaque citoyen un soldat ; on finira par ne plus voir en France que des militaires ; il ne faut pas plus de trente ou quarante ans pour qu'il n'y ait plus de cultivateurs , plus de commerçans , plus de légistes , de médecins , de gens de lettres , d'artistes , d'artisans : dans toutes ces professions , les pères mourront, et tous leurs enfans étant soldats, qui est-ce qui les remplacera ? Certes ce sera encore là une belle et utile chose ! Ne garderas-tu pas au moins des administrateurs pour faire tirer la conscription et percevoir les impôts ? Ce sont des objets dont tu ne peux pas te passer ; le reste ne t'importe guère.

NAPOLÉON.

La paix remédiera à tout ce que tu crains pour la France : mais en l'attendant, si tu pouvais arrêter ta fureur de prédire un sinistre avenir, tu conviendrais qu'au moins, dans le passé, j'ai fait des actions dignes de remarque.

ASTAROT.

ASTAROT.

Oh ! très-digne de remarque ! Tu laisseras un nom qu'on n'oubliera point. Si cela suffisait à ton ambition, tu te reposerais sur tes *lauriers sanglans*, qui, s'ils ne sont pas *baignés de tes larmes*, le sont au moins de celles de toute l'Europe.

NAPOLÉON.

Mais, critique impitoyable, n'ai-je pas rétabli la religion que tu préconisais tout à l'heure ? n'ai-je pas.....?

ASTAROT.

Tu as permis qu'on ouvrît les églises, parce qu'il t'est fort égal qu'elles soient ouvertes ou fermées, et que, favorisant tous les partis, tu n'as pas voulu qu'il y en eût un qui se plaignît de toi pour *si peu de choses*. Mais, te vanteras-tu d'avoir rétabli la religion, quand son chef est ton prisonnier ? quand le culte va tomber tout à l'heure ? lorsque des ministres qui meurent de faim et de vieillesse n'auront pas de successeurs ? Ah ! ne parle point de cela, mon ami ; n'étais-je pas ton souffleur dans la comédie que tu as jouée en Egypte ? ne sais-je pas comment tu penses ? est-ce à moi que tu peux en imposer ?

B

NAPOLÉON.

J'ai établi des séminaires ; que les jeunes gens n'y vont-ils ?

ASTAROT.

Qui est-ce qui ira , quand tous les jeunes gens sont soldats ? Et des séminaires pour lesquels on demande à tout moment l'aumône.

NAPOLÉON.

Je ne saurais qu'y faire : après la paix on songera à cela.

ASTAROT.

Il est vrai que cela n'est pas si pressé que les embellissemens de Paris , qu'on a bien pu faire pendant la guerre ; mais dis-moi donc (génie universel, qui raisonne si souvent de travers), rétablit-on la religion quand on pratique et qu'on protège ce qu'elle condamne , et quand on ne surveille pas les mœurs publiques ?

NAPOLÉON.

Elles étaient tellement altérées par la révolution , le peuple tellement dégénéré, qu'il faut bien du temps pour ramener l'ordre moral.

ASTAROT.

Il ne faut que l'exemple du souverain en
sa ferme volonté. Mais avoue que cela ne
t'occupe pas du tout?

NAPOLÉON.

Avoue à ton tour que peu s'en faut que tu
ne préfères à mon règne les orages de la
révolution?

ASTAROT.

Tu sors de la question, et crois sortir d'affaire; c'est ainsi que s'y prennent beaucoup
de gens, quand une discussion les embarrasse : cependant, je veux bien te suivre
quoique tu divagues. Il est sûr qu'on ne pré-
fère pas les orages de la révolution à ton
règne; mais il ne l'est pas moins, que, sous
un certain point de vue, elle m'aurait amusé
davantage. J'aime assez qu'on se damne en
riant, et les gouvernans d'alors faisaient à
tout moment pâmer de rire les gouvernés,
malgré les tribulations effroyables dont la
France était inondée. Tous les décrets con-
tradictoires; tous les sermens dont la valeur
n'engageait autant de temps que ceux qui
les exigeaient le jugeaient à propos; toutes

les constitutions se succédant avec une rapi-
dité surprenante, quoiqu'on eût fait jurer à
toute la France de les maintenir (avant de
les connaître); les *droits de l'homme* à tout
moment méconnus par ceux mêmes qui lés
avaient décrétés; un régime de *liberté* où rien
n'était libre, pas même la pensée; des lois
qu'on disait être *l'expression de la volonté
générale*, et qui comprimaient toutes les volontés; tous les mots essentiellement opposés, alors réunis dans le vocabulaire français,
tels que *loi de circonstance, emprunt forcé,
fraternité ou la mort*, et toutes les femmes
enrégimentées par des cocardes; toute l'im-
portance des dénominations de *citoyen, ci-
toyenne*, au lieu de *monsieur* et *madame*; une
déesse de la Raison montrant raisonnable-
ment sa cuisse à tout Paris; qui était enchanté de ce spectacle aussi décent que
moral; la culotte d'un représentant, objet
de la vénération publique : rien dans le
monde n'est aussi bête que tout cela, si ce
n'est le nouveau calendrier, où l'on trou-
vait, par exemple, le mot *fumier* remplaçant
le nom d'un héros chrétien, *Etienne*; le mot
cochon, au lieu du nom d'une jeune et belle

vierge, *Catherine*, et ainsi du nom de tous les saints, qu'on croyait chasser du paradis en les débaptisant. Tu conviendras qu'il fallait absolument éclater de rire, en voyant toutes ces inepties, dont les inventeurs pensaient être les coryphées de la philosophie ; prétention encore plus risible que tout le reste. N'as-tu pas vu une lettre ainsi conçue : J'irai *quartidi* dîner chez toi, hors que je ne reçoive *duodi* une nouvelle qui m'oblige à partir *tridi*. On ne finirait pas, si on rapportait tous les actes de démence de ces temps fameux ; et à ne regarder la révolution que du côté ridicule, on la préférerait à ton règne ; car elle ferait toujours rire, et tu fais toujours pleurer.

NAPOLÉON.

Si les grands faiseurs de ce temps-là t'entendaient, ils ne seraient pas fort contens.

ASTAROT.

Tout cela a eu une si grande publicité, qu'il est impossible de trouver mauvais qu'on en parle. Je crois au contraire que ces *citoyens* seraient charmés de savoir qu'il y a quelque part une mémoire devenue le répertoire de

leurs gentillesses, tandis que partout ailleurs
on s'efforce de les oublier pour l'honneur de
la nation française : au reste ce ne sont pas
là les seules de leurs opérations qui soient
consignées au greffe de l'enfer.

NAPOLÉON.

Tu vois qu'on a dû être très-satisfait de
passer sous une autre domination que celle-
là ; et je me flatte que.....

ASTAROT.

Il n'y a pas de quoi te flatter ; il n'a pas
fallu une grande habileté pour faire un peu
mieux qu'extrêmement mal : ceux qui feront
mieux que tu n'as fait, n'auront pas non
plus de quoi se targuer d'un grand talent.
Les deux derniers gouvernemens sous lesquels
la France vient d'avoir le malheur de vivre
ont préparé la gloire de celui qui leur succédera.

UN GÉNÉRAL accourant.

Sire, cette conversation vous arrête, et
vous ne songez pas que le temps s'écoule,
que le jour va finir, que l'ennemi approche,
et que la bataille doit se livrer matin ; c'est
un tour de diable qu'on vous joue, en vous
retenant si long-temps aujourd'hui.

NAPOLÉON.

Mon plan est tracé, mes dispositions faites, mes ordres donnés; il n'y a plus que de très-petites bagatelles a prévoir; cela sera bientôt fait.

ASTAROT *à l'Officier.*

Mon général, je voudrais pouvoir vous souhaiter une heureuse chance : c'est bien dommage qu'une nation si brave, si généreuse et si aimable prodigue ainsi son sang et sa valeur pour un entêtement ridicule. Si vous faisiez bien, vous ne vous battriez pas; vous perdrez très-certainement.

LE GÉNÉRAL.

Je me battrai, quel que puisse être l'événement; un français ne sait pas reculer.

ASTAROT.

Victime d'un noble dévouement, sacrifié par un ambitieux, je vous plains autant que je vous admire.

LE GÉNÉRAL.

Sacrebleu ! je me passerais bien que tu me plaignes, que tu m'admires, et que tu viennes nous prédire je ne sais quoi de malencon-

treux ; f... moi le camp, et tais-toi, ou bien
sacré nom de d....

ASTAROT.

Arrêtez ! mon général, arrêtez ! Votre
éloquence fait frémir l'enfer même.

LE GÉNÉRAL *mettant l'épée à la main.*

Tu vas me le payer ; défends-toi.

ASTAROT *en riant.*

Ce que c'est que l'habitude ! Tu sais bien
qu'on ne me tue pas ; à quoi bon cet empor-
tement ? Est-ce que ton chef ne saurait per-
mettre à un militaire sous ses ordres d'être
un seul instant sans chercher querelle à quelqu'un ? Comme il a dénaturé le caractère
français !

NAPOLÉON.

Dans un moment je serai à vous, général ;
je n'ai plus que quelques légers sujets à traiter,
et puis j'irai vous rejoindre ; cela ne sera pas
long.   (*Le Général se retire.*)

ASTAROT.

Sont-ils tous comme cela tes généraux ?
Ont-ils un aussi bon ton ? un langage aussi
châtié ? des manières aussi agréables ?

NAPOLÉON.

Ils sont tous braves, et c'est ce qu'il me faut ; les manières agréables ne sont pas nécessaires pour se battre. Il y a parmi eux différentes espèces d'hommes, cela tient à l'éducation ; les uns en ont plus, les autres moins : mais, comme ce sont tous de grands militaires, je fais grand cas de chacun d'eux, quel qu'en soit le ton et le langage.

ASTAROT.

C'est fort bien fait ; cependant il nous en est venu quelques-uns qui n'étaient pas très-contens de toi : leurs représentations méprisées, leurs vies exposées par caprice ou par entêtement, leurs soldats sacrifiés sans nécessité, tout cela ne leur avait pas plu.

NAPOLÉON.

Oh ! je veux une soumission entière, un respect sans bornes. Je les paie pour m'obéir, et non pas pour me conseiller : il serait beau que chacun eût le droit de dire son avis !

ASTAROT.

Il est pourtant des circonstances où le plus habile en a besoin, en reçoit et s'en trouve

5

bien. Le grand Turenne a reçu et suivi le conseil d'un vieux soldat.

NAPOLÉON.

Le grand Turenne n'était pas le chef suprême de son armée.

ASTAROT.

Heureuses les armées qui auront des chefs qui lui ressembleront, et dont les *chefs suprêmes* feront cas de la vie des hommes !

NAPOLÉON.

Revenons à ce que nous disions quand on nous a interrompus. Où en étions-nous ?

ASTAROT.

A la longue et modeste énumération des sages établissemens dont ta *grande âme* a gratifié la France.

NAPOLÉON.

Cela est vrai. Il en est qui auront ton approbation, j'en suis sûr. Je les cite comme ils se présentent à mon esprit : les dépôts de mendicité, par exemple ?

ASTAROT.

Bien vus, bien commencés ; mais, dégé-

nérés trop tôt, ils n'ont secouru ni les men-
dians, ni la société, et n'ont fait de bien
qu'aux administrateurs ; inconvéniens qui
surviennent toujours, et partout, quand le
souverain ne voit rien de près, rien par lui-
même, ou par des commettans dont il soit
bien sûr.

NAPOLÉON.

Le code napoléon ?

ASTAROT.

Sage sous bien des rapports, fautif sous
plusieurs autres. Mais, n'étant pas ton propre ouvrage, il faut en laisser la gloire et le
mérite, comme en attribuer les fautes à tes
coopérateurs.

NAPOLÉON.

Le code pénal ?

ASTAROT.

Plusieurs français, morts de misère et
d'ennui dans les prisons, nous ont dit qu'il
permet de grandes injustices, en n'établis-
sant pas de proportion entre les peines et les
délits. Un légiste, homme plein de sensibi-
lité et de talens, a fait, pour démontrer cette
vérité, un mémoire qui aurait paru sans les

frais énormes qu'exige l'impression, par suite des entraves dont tu l'as entourée à ton profit, apparemment pour encourager le talent et l'industrie, comme tu fais partout. Qu'un de tes sujets trouve, à force de travail et de courage, un moyen quelconque de subsister, aussitôt un impôt vient lui arracher les fruits de ses peines. Et tu te vantes de protéger les arts ! Quant à la librairie, tu ne t'en embarrasse qu'autant qu'elle te produit de l'argent ; car tu n'as pas le temps de lire : il faut premièrement que tu te battes, et encore après que tu te battes, et ensuite que tu te battes. Or, la vérité n'arrivera point jusqu'à toi ; car il n'y aurait que la voie de l'impression pour te la faire parvenir. Tu remets toujours à la paix (qui n'arrive jamais) l'examen de ce qui se passe dans l'intérieur : c'est ainsi que les abus se multiplient et tournent au profit de ceux qui t'en dérobent la connaissance, tandis que tu crois (ou fais semblant de croire) les avoir réprimés ou prévenus.

NAPOLÉON.

Et les maisons d'éducation ? Voilà où je t'attends ! car jamais cette partie très-importante de l'art de gouverner n'a été l'objet d'une plus grande sollicitude.

ASTAROT.

Ton but n'étant que de faire des soldats, tout ce qu'on enseigne dans les lycées est superflu, si ce n'est l'art militaire et ce qui y a rapport. Aussi, comme la jeunesse aime généralement beaucoup mieux le tapage que l'étude, comme elle ne sortira des lycées que pour suivre un plus long roulement de tambour, manier un plus grand fusil, et faire plus long-temps l'exercice, elle s'adonne spécialement à cette partie de l'éducation qu'elle reçoit ; ce qui pourrait faire de la plus belle part des élèves, des êtres à peu près nuls en temps de paix. Mais il faut n'être instruit que de ce qui concerne la guerre, quand on vit sous un souverain qui ne veut qu'elle.

NAPOLÉON.

Cependant il y a des élèves pleins de dispositions et de talens, qui, heureusement cultivés, donneront à la société des sujets très-intéressans.

ASTAROT.

C'est justement à cause de cela qu'il y a de la barbarie, de la cruauté même, et une extrême gaucherie à ne les destiner tous indistinctement qu'à faire la guerre. Hélas ! les malheureux parens sont condamnés à former des vœux pour que leurs enfans naissent avec quelqu'infirmité incurable ; une mère déplore sa triste destinée quand elle a mis au monde un garçon bien conformé. C'est ainsi que ta *tendre* sollicitude pour tes sujets est parvenue à convertir en supplice le premier des plaisirs de la maternité !

NAPOLÉON.

Passons à l'éducation des filles, quoiqu'il me paraisse que tu as décidé de me désapprouver en tout point.

ASTAROT.

La faute n'en est pas à moi.

NAPOLÉON.

Après tout, il n'est pas démontré que l'opinion du diable soit la plus saine.

ASTAROT.

C'est au moins la plus impartiale.

NAPOLÉON.

Eh bien ! voyons ; l'éducation des filles, comment la trouves-tu ?

ASTAROT.

Elles dansent, elles chantent, elles brodent, et font des narrations ; on leur enseigne à s'exprimer avec goût, élégance et grâces, afin de bien jouer de petites comédies de complimens, lorsque ta majesté va les passer en revue ; on leur donne un ton, des airs attrayans et gracieux : cela sans doute est fort joli, mais je ne vois pas que cela soit fort nécessaire, surtout pour des filles de militaires qui, étant morts, ne feront jamais fortune, et dont la plupart ne l'avait pas faite avant de mourir. Des talens utiles conviendraient presqu'autant à des filles pauvres, que des talens agréables ; et il n'est pas fort aisé de deviner comment cette éducation pourra former de vertueuses épouses, de respectables mères de familles, et de bonnes ménagères.

NAPOLÉON.

Je n'ai pas prétendu qu'on en fit des Marie-Jeanne ; j'ai voulu seulement qu'on leur donnât les premières notions des soins du ménage.

ASTAROT.

Qui est-ce qui les leur donnera ? Crois-tu que les institutrices renonceront au système d'éducation à la mode ? N'est-ce pas lui qui leur a mérité et ta confiance et l'estime d'un public qui depuis vingt-cinq ans déraisonne sur cette matière. Il est certain que l'éducation des femmes devait attirer ton attention ; il est prouvé qu'elle est monstrueusement défectueuse depuis long-temps : mais comme les filles ne vont pas à la guerre, tu ne t'en es pas occupé ; tu n'as pas songé à l'influence de ce sexe sur le tien, quoique, depuis Adam jusqu'à présent, tout ait reconnu cette influence. Tu n'as voulu, comme les autres, que de jolies poupées : mais, que fera-t-on de ces marionnettes, qui ne resteront pas long-temps dans l'âge de plaire, et qui, parvenues à celui d'être utiles, ne se trouveront propres à remplir aucun des devoirs que la religion, la nature et la société leur imposent ?

NAPOLÉON.

Enfin, rien de tout ce que j'ai fait, établi, institué, n'est honoré de ton suffrage ; il faudra s'en passer.

ASTAROT.

Il serait trop dur de te dire que tu n'as pas
même le suffrage du diable ; tu fais bien de
te passer de celui-là comme des autres. Mais
pour ce que tu as fait, ni moi, ni aucun
humain ayant le sens commun, n'approu-
verons tes guerres perpétuelles. Quant à ce
que tu as établi, l'intention pouvait être
bonne ; mais de mauvais choix, de mauvais
moyens, une insouciance énormément cou-
pable, l'ont rendue nulle. Il est des choses
qui ne vont point toutes seules, et qui ne
prennent de l'accroissement et une forme
durable qu'à force de soins et de surveil-
lance : d'ailleurs il existe dans les éducations
que tu fais donner un vice radical, dont tu
seras le premier puni.

NAPOLÉON.

Quel est donc ce vice ?

ASTAROT.

On enseigne tout à la jeunesse élevée dans
tes écoles, excepté ce qu'il est extrêmement
important qu'elle sache, sa religion.

NAPOLÉON.

Ami, tu rabaches un peu trop ; je t'en avertis franchement, cela m'ennuie beaucoup : on dit souvent : *Il a de l'esprit comme un diable ;* mais je crois que ce n'est pas toi qu'on désigne pour objet de comparaison : tu traites toujours le même sujet.

ASTAROT.

C'est que tu ne l'as jamais traité, toi, ni tes instituteurs. Ce n'est pas que je m'en plaigne pour mon compte ; au contraire, je devrais m'en féliciter et t'en remercier : grâce à toi, qui nous a ouvert ou du moins conservé une source continuelle d'amusemens, nous verrons souvent de nouveaux visages, et renouveler de génération en génération la société infernale. Tu comprends que c'est de ma part une grande générosité de te parler dans un sens opposé à mon intérêt, et qu'ainsi je ne méritais pas le petit sarcasme assez plat que tu viens de me lancer. Tu ressembles en cela aux philosophes français du dernier siècle, qui n'ont eu d'autres armes que la grossièreté ou la platitude, contre les défenseurs de la vérité. Pardon si je te désabuse, car tu crois sûrement m'avoir dit quelque chose de fort joli et de très-spirituel ; c'est une ressemblance de plus que tu as avec ces messieurs. J'ai vu souvent le *grand Voltaire* s'applaudir d'avoir dit à l'abbé Sabattier, et à bien d'autres, qu'ils étaient des *cuistres*, des *coquins*, et autres politesses de la même finesse.

NAPOLÉON.

Mais que voulais-tu donc que je fisse pour les écoles ? On a imprimé, avec mon approbation, un catéchisme, qu'on peut enseigner ; par conséquent, qu'on l'apprenne et qu'on ne m'en parle plus.

ASTAROT.

Pour moi, je ne l'apprendrai point, car tout diable que je sois, il faudrait que j'y misse une application d'esprit trop gênante, encore ne l'entendrais-je pas toujours ; juge comment des enfans pourront le comprendre. Il n'y a à leur portée que ton éloge, et l'explication de leurs devoirs envers toi ; article très-long et très-inutile, qu'on ne s'est jamais avisé d'insérer dans un catéchisme religieux : cependant, c'est à ce petit code des lois divines que l'on a borné ce qui constitue cette partie de l'éducation. Des milliers de livres élémentaires dont la plupart n'ont pas de bon sens, et portant tous le sceau de la philosophie moderne, forment les bibliothèques instructives, et rendent les jeunes gens absolument incapables de pouvoir par la suite s'appliquer à l'étude si nécessaire des vérités religieuses.

NAPOLÉON

Faut-il donc faire de nos élèves des théologiens et des casuistes?

ASTAROT.

Non, il suffit seulement d'en faire d'honnêtes gens, et la religion seule est capable d'atteindre à ce but : elle seule prépare à la société des citoyens probes, de dignes époux, de bons pères et mères de famille, et assure au souverain des sujets soumis et fidèles.

NAPOLÉON.

On enseigne la morale, qui produit tous les effets dont tu parles.

ASTAROT.

Toute morale qui n'est point appuyée sur la religion, est un édifice sans base qui s'écroule au premier choc des passions.

NAPOLÉON.

Est-ce que la religion empêche que l'homme n'ait des passions ?

ASTAROT.

Non, mais elle en dirige et en règle les mouvemens. Le créateur n'a rien donné à l'homme qui ne tendît à le rendre heureux ; c'est l'abus qu'il fait des dons du ciel qui en change la destination.

NAPOLÉON.

Comment veux-tu que des livres de piété remplacent à présent les ouvrages du 18e. siècle, qui sont si pleins de grâce, si supérieurement écrits ? qui ont un charme si entraînant, si irrésistible ? Ils étaient en vogue bien avant mon avénement. Les jeunes gens quitteront-ils Voltaire pour Bourdaloue ?

ASTAROT.

On s'attend bien que non ; c'est pour cela même qu'il ne fallait pas donner Voltaire avant Bourdaloue. Il faut qu'un bon fonds de principes affaiblisse par avance le poison distillé par Voltaire et compagnie ; il faut être en garde contre la séduction d'un style brillant, dont le succès est déjà préparé par la perversité naturelle du cœur humain ; et, pour mettre la jeunesse en garde, il faut la prémunir de connaissances solides qui la rendent capable de sentir ce que les raison-nemens prétendus philosophiques ont de spé-cieux et de faux. Avoir bien lu l'évangile, la bible, un abrégé des pères de l'église, (je dis *bien lu*, car on ne lit pas toujours bien ces sortes d'ouvrages) suffit pour acquérir les lumières nécessaires qui feront connaître au premier aspect combien Voltaire, Jean-Jac-ques et tous les autres tronquent les citations qu'ils osent faire de l'écriture sainte ; cita-tions qui ne trompent que ceux dont elle n'est pas connue. Et quant à leurs sottes et plattes plaisanteries sur la religion, il y a près de deux mille ans qu'elles sont usées et réfutées, et que les gens éclairés s'en moquent. L'erreur ne trouve jamais ses dupes que parmi les ignorans ; ce qui doit rendre honteux ceux qui l'adoptent sur la parole de Voltaire et de ses adhérans.

NAPOLÉON.

On disait que Voltaire prêchait la morale du diable ; comment se fait-il que tu ne sois pas son partisan ?

ASTAROT.

Parce que je suis de meilleure foi que lui,
je conviens des vérités que je connais : à quoi
bon les nierais-je à présent, pour me faire
des prosélytes ? Eh ! nous en avons déjà tant!

NAPOLÉON.

Ces lectures sérieuses que tu conseilles de
substituer aux écrivains modernes n'ennuie-
raient-elles pas extrêmement la jeunesse ?

ASTAROT.

On les entremêle avec les ouvrages du dix-
septième siècle. Les auteurs de ce temps-là
ne sont pas des sots ; leur style n'a rien d'en-
nuyeux, il vaut au moins celui des plus habiles philosophistes; et cependant leur morale,
leurs systèmes, leurs principes sont diamétra-
lement opposés au philosophisme moderne.

NAPOLÉON.

Le général avait raison, cette conversation m'attache par son originalité : je ne vois
rien de plus étonnant que d'entendre le
diable traiter un pareil sujet, de la manière
dont tu le fais; mais pour en finir sur cette
matière, dis-moi pourquoi tu l'as si souvent
ramenée dans notre entretien ?

ASTAROT.

Parce que nous causons en amis, et qu'elle
est du plus grand intérêt pour tous les hommes,
surtout pour les souverains. Tu m'as fait
jeter un coup d'œil sur les établissemens ; tu
as voulu sans doute que je te parlasse sin-
cèrement, et pour le bien de tes sujets : je
sais qu'en ne t'avertissant pas du plus grand
des torts de l'enseignement d'usage à présent
en France, je ménageais à l'enfer une belle
et brillante augmentation d'habitans ; mais
il n'en manque point, il est déjà beaucoup
trop peuplé. Tromper et pervertir le monde
est un métier que nous faisons depuis si long-
temps ; nous sommes aidés par tant de gens,
que pour varier mes occupations, j'ai changé
aujourd'hui de méthode, et j'ai dit la vérité.

NAPOLÉON.

J'ai plusieurs questions à te faire qui me
sont personnelles ; mais auparavant dis-moi
un peu, est-il donc si nécessaire d'avoir de
la religion ?

ASTAROT.

Tu vas en juger : l'irréligion amène le re-
lâchement des mœurs, qui est bientôt suivi

de

de l'oubli de tous les devoirs, oubli qui produit tous les crimes. Souviens-toi de la fin du dix-huitième siècle, de ce siècle où ont tant brillé l'esprit impie, l'incrédulité et le philosophisme; vois de quelle faute, à jamais odieuse, des français se sont rendus coupables; calcule, s'il est possible, tous les maux, tous les malheurs, toutes les adversités qui, à compter de ce temps, ont écrasé la France, et apprécie la philosophie du dix-huitième siècle!

NAPOLÉON.

Si j'avais plus de loisir, je crois que tu finirais par me convertir, et il serait fort singulier de l'être par le diable.

ASTAROT.

C'est que les argumens vrais tirent toute leur force d'eux-mêmes, et non pas de la bouche qui les prononce.

NAPOLÉON.

Revenons à moi, cher ami, tu me prédis un revers pour demain; serais-je tué?

ASTAROT.

Non, mais dans peu de temps il t'arrivera encore un bien plus grand revers.

C

NAPOLÉON.

Plus grand que d'être tué?

ASTAROT.

Oui, si tu tiens plus au trône qu'à la vie.

NAPOLÉON.

Est-ce que je serai détrôné? par qui? comment? pourquoi?

ASTAROT.

Parce qu'on te dira : *Ote-toi de là*, comme tu l'as dit à d'autres; c'est le jeu de la *toilette madame*, chacun à son tour.

NAPOLÉON.

Ceux à qui je l'ai dit ont repris leur place; je reprendrai la mienne aussi.

ASTAROT.

C'était leur place; et comme ce n'est point la tienne, tu ne la reprendras pas.

NAPOLÉON.

Et les français, me laisseront-ils détrôner?

ASTAROT.

Pourquoi pas? cela est tout naturel.

NAPOLÉON.

Ah! quel malheur!

ASTAROT.

Pour qui?

NAPOLÉON.

Pour la France et pour moi.

ASTAROT.

Ni pour elle, ni pour toi. Sois juste une fois; nous venons d'examiner rapidement ton règne, as-tu rendu la France heureuse? n'as-tu pas toujours tout fait pour ton ambition, que tu as si faussement nommée ta gloire? as-tu jamais fait quelque chose qui ait eu uniquement pour but le bonheur de tes sujets? C'eût été là la véritable gloire; tu ne l'as pas connue, tu ne l'as pas voulue? Quand tu ne régnerais plus, serais-tu donc tant à plaindre? Le temps de ta vie où tu n'as pas régné, a-t-il donc été si fâcheux? Pourquoi un simple particulier ne pourrait-il pas vivre content ailleurs que sur le trône?

NAPOLÉON.

Ceux qui n'y sont jamais montés peuvent raisonner ainsi; mais moi!

ASTAROT.

Quand on y est pas appelé par sa naissance, c'est une extrême sottise de se charger d'un si pesant fardeau.

NAPOLÉON.

Le premier qui fut roi, fut un soldat heureux.

ASTAROT.

Fut un soldat fou, ambitieux, téméraire. Ce n'est pas tout que d'aller s'asseoir-là. Quelles fonctions pénibles! que d'embarras! de soins! de sollicitudes! Plus les devoirs sont grands, plus il faut prendre de peines pour les remplir. On respecte, on chérit, on admire le souverain légitime qui s'en acquitte; mais on le plaint: il est destiné par la providence elle-même à gouverner; il ne peut pas s'en dispenser. Il faut qu'il règne; mais c'est bien à ce grand art qu'on peut appliquer ce vers de Boileau :

« La critique est aisée, et l'art est difficile. »

NAPOLÉON.

N'ai-je donc aucun moyen de parer le coup qui me menace?..... Est-il bien sûr qu'il me frappera?..... Que ferais-tu à ma place?

ASTAROT.

J'abdiquerais : quitter de soi-même le trône est le moyen le plus adroit de ne pas en être chassé.

NAPOLÉON.

Abdiquer ! tu ne me connais guère ; moi, abdiquer !

ASTAROT.

En effet, je crois que je ne te connais pas, et que j'adresse mal ce conseil. Corneille a dit :

« Le bonheur peut conduire à la grandeur suprême ;
» Mais, pour y renoncer, il faut la vertu même. »

NAPOLÉON.

Tu diras ce que tu voudras, mais j'attendrai l'événement ; et..... s'il arrive..... comment le supporter.....?

ASTAROT.

Avec force, avec noblesse ; ce sera le moment de montrer à l'univers que tu as en effet une *grande âme* : l'adversité est la pierre de touche du courage.

NAPOLÉON.

Que de gens m'écraseront de sarcasmes quand je serai tombé ! Que d'injures ne vais-je pas recevoir ! Combien de fois me donnera-t-on *le coup de pied de l'âne !*

ASTAROT.

Je n'en crois rien, ce serait une lâcheté, et les français assurément ne sont point des lâches ; ils pourront alors dire tout haut ce que depuis long-temps ils pensent tout bas : tu ne prendras sûrement pas des vérités pour des injures. Il n'a tenu qu'à toi que des vérités fussent des louanges.

NAPOLÉON.

Tes conseils sont venus trop tard.

ASTAROT.

Je t'en donne à présent que tu ne veux pas suivre ; tu n'as jamais voulu en recevoir aucun, tu viens tout à l'heure d'en convenir.

NAPOLÉON, *avec une fureur concentrée.*

Oh !.... si je pouvais !.... si... tu étais un homme.... et non un diable !... je... je t'étoufferais.

ASTAROT.

Et quand tu m'aurais étouffé, de quoi cela te garantirait-il ? Le sort en est jeté, le ciel a prononcé : la résistance est superflue ;

elle est toujours un crime inutile contre la volonté suprême.

NAPOLÉON.

Que sais-tu ? L'enfer n'a point de correspondance avec le ciel ; qui t'a dit qu'il ait parlé ? qui t'a dit qu'il se mêle des événemens de ce monde ?

ASTAROT.

Ta chute te prouvera qu'il s'en mêle.

NAPOLÉON, *après un moment de silence.*

Quel est le caractère du souverain qui me succédera ?

ASTAROT.

Comme il n'a jamais eu de relations avec le diable, je n'ai pas eu l'honneur d'être admis dans son intimité, et je ne peux pas te le dépeindre exactement. Je sais que tous les cœurs honnêtes voleront au-devant de lui ; que tous les amis de la religion, de la paix et de l'ordre béniront le ciel de son arrivée, et que tous les véritables français hâtent par leurs vœux cet instant désiré.

NAPOLÉON.

Oh ! va, il n'y a plus guère en France de tous les gens dont tu parles-là.

ASTAROT.

Il y en a plus que tu ne le crois ; on ne sent bien le prix des choses que quand on en a été long-temps privé : tous les sentimens doux, toutes les jouissances vertueuses ont été comprimés pendant la république, et sous ton règne ; combien sera-t-il délicieux de s'y livrer, sous un souverain qui les inspire et les protège !

NAPOLÉON.

Eh-bien ! si ce que tu me prédis m'arrive, j'irai porter la guerre jusqu'aux enfers, et détrôner Satan lui-même.

ASTAROT.

Tant mieux, ce sera la première de tes actions qui aura procuré la tranquillité et le repos du monde. Adieu, Napoléon, nous nous reverrons bientôt, et je vais faire tout préparer pour te recevoir.

FIN.

St.-Quentin. Imprimerie de Moureau fils.